Princesse Daisy
et le Carrousel Fabuleux

Cet ouvrage a initialement paru en langue anglaise en 2006
chez Orchard Books sous le titre :
Princess Daisy and the Magical Merry-Go-Round.
© Vivian French 2006 pour le texte.
© Sarah Gibb 2006 pour les illustrations.

© Hachette Livre 2007 pour la présente édition.

Adapté de l'anglais par Natacha Godeau

Conception graphique et colorisation : Lorette Mayon

Hachette Livre, 43 quai de Grenelle, 75015 Paris

Vivian French

PRINCESSE
Academy
Les Tours d'Argent

Princesse Daisy
et le Carrousel Fabuleux

Illustrations de Sarah Gibb

HACHETTE

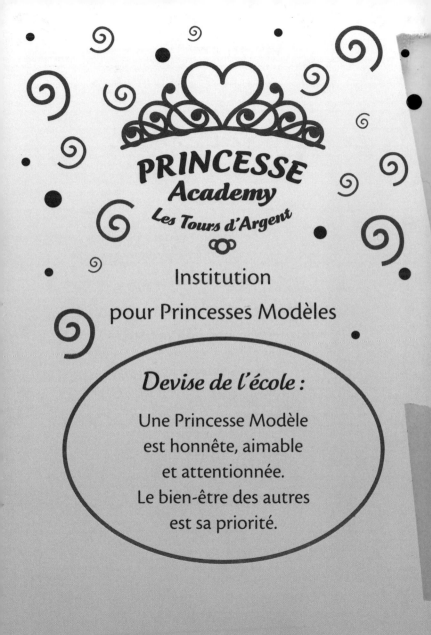

PRINCESSE
Academy
Les Tours d'Argent

Institution

pour Princesses Modèles

Devise de l'école :

Une Princesse Modèle
est honnête, aimable
et attentionnée.
Le bien-être des autres
est sa priorité.

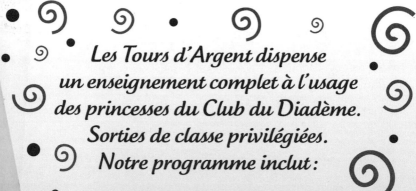

*Les Tours d'Argent dispense
un enseignement complet à l'usage
des princesses du Club du Diadème.
Sorties de classe privilégiées.
Notre programme inclut :*

- Cours de Grâce et de Majesté
- Étude des Mésententes Ministérielles
- Stage chez Sylvia l'Herboriste
(Sorcière Guérisseuse du Royaume)
- Visite du Musée d'Histoire Souveraine
(Pomme Empoisonnée sécurisée)

Notre directrice, la Reine Samantha,
assure une présence permanente
dans les locaux. Nos élèves sont
placées sous la surveillance
de Fée Angora, enchanteresse
et intendante de l'établissement.

Notre équipe compte entre autres :

• Lady Albina
(Secrétaire de Direction)

• La Reine Mère Matilda
(Maintien et Bonnes Manières)

• Le Prince Dandy,
Dauphin de la Couronne
(Sorties et Excursions)

• Marraine Fée
(Enchanteresse en Chef)

Les princesses du Club du Diadème
reçoivent des Points Diadème afin
de passer dans la classe supérieure.
Celles qui cumulent assez de points
aux Tours d'Argent accèdent
au Bal de Promotion, au cours
duquel elles se voient attribuer
la prestigieuse Écharpe d'Argent.
Les princesses promues intègrent
alors en troisième année
le Palais Rubis, notre établissement
magistral pour Princesses Modèles,
afin d'y parfaire leur éducation.

Le jour de la rentrée,
chaque princesse est priée
de se présenter à l'Académie
munie d'un minimum de :

• Vingt robes de bal (avec dessous assortis)
• Cinq paires de souliers de fête
• Douze tenues de jour
• Trois paires de pantoufles de velours
• Sept robes de cocktail
• Deux paires de bottes d'équitation
• Douze diadèmes, capes,
manchons, étoles, gants,
et autres accessoires indispensables.

Coucou ! Je suis Daisy, Princesse Daisy.
J'espère que les Tours d'Argent te plaisent !
En tout cas, tu es une élève idéale pour
la Princesse Academy. Exactement comme
mes meilleures amies, les adorables Charlotte,
Katie, Alice, Sophie et Émilie !
Rien à voir avec les jumelles Précieuse et Perla :
elles sont si prétentieuses, ces deux-là ! D'ailleurs,
cela leur joue parfois de bien mauvais tours…

Te sens-tu nerveuse, avant de faire
quelque chose de nouveau ?
Moi oui ! Pourtant, j'essaie d'être courageuse.
Mais c'est très difficile, car pour devenir
une Princesse Modèle, il faut tout le temps
affronter la nouveauté…

*À Princesse Elise, son adorable maman
et sa merveilleuse grand-maman aussi, V. F.*

À Nila et l'adorable Princesse Lili, S. G.

Chapitre premier

Aujourd'hui, nous travaillons ensemble en Salle d'Étude avec mes amies, lorsque Princesse Sarah arrive en courant. Elle s'exclame, hors d'haleine :

— Vous avez vu le panneau d'affichage ? Il y a une fête en

plein air, samedi ! Avec un Bal Fleuri en clôture ! Je dois prévenir les autres, vite !

Et elle repart comme une flèche.

Nous nous dévisageons, surprises. Puis Charlotte referme son manuel de géographie.

– Allons voir, les filles ! lance-t-elle en se levant.

Le panneau d'affichage se trouve en bas, dans le corridor, près du réfectoire. Lady Albina y punaise les informations scolaires, les emplois du temps spéciaux, les petites annonces internes et les invitations. Nous sommes supposées le consulter chaque matin… En réalité, nous oublions souvent !

Le Roi Perceval a l'honneur

de convier les élèves des Tours d'Argent
à sa Grande Fête En Plein Air
samedi prochain, à partir de 15 heures, venez :
- Écouter l'Orchestre Royal,
- Flâner dans la Roseraie Impériale,
- Canoter sur le Lac Majestueux,
- Tournoyer à bord du Carrousel Fabuleux !

Les festivités s'achèveront
par le Bal Fleuri annuel.

Nous descendons l'escalier en hâte, mais de nombreuses princesses se pressent déjà devant le panneau. Elles fixent toutes un immense carton d'invitation.

— Merveilleux! s'exclame Charlotte. En plus, samedi, c'est demain!

— J'adore les manèges! se réjouit Alice, l'œil brillant. J'ai hâte d'essayer ce Carrousel Fabuleux. Ensemble, nous allons tournoyer encore et encore, comme de vraies toupies!

— Hourra! applaudissent Katie et Émilie.

— Un carrousel, c'est le plus fantastique des manèges! renchérit Sophie. Tu es bien d'accord, Daisy?

— Oh oui… Nous allons bien nous amuser…

J'espère que mes amies me croient. Pourtant, je mens un petit peu…

Ne te moque pas de moi, surtout. Mais en fait, je n'aime pas du tout les sorties de classe !

Je n'ai pas peur du Roi Perceval. Nous sommes déjà allées chez lui l'an dernier. Ce qui me tourmente, c'est cette histoire de Carrousel Fabuleux...

Je ne suis jamais montée sur un manège.

Forcément, je vais faire une sottise ! Comme avoir le tournis et tomber par-dessus bord...

Et si je faisais semblant d'être malade, demain, pour rester au dortoir ?

Non, impossible.

Je dois mériter mes Points Diadème afin d'obtenir mon Écharpe d'Argent et entrer au Palais Rubis! Je m'encourage:

«Une Princesse Modèle digne de ce nom ne triche jamais; elle affronte chaque épreuve avec bravoure!»

Sophie relit l'invitation, sur le panneau. Elle remarque:

— À votre avis, que doit-on porter, au Bal Fleuri? Une robe à fleurs?

Les princesses Précieuse et Perla, qui ne sont pas très loin, l'entendent. Elles s'approchent et Perla persifle:

— Qu'en penses-tu, Précieuse ?
Moi, j'imagine bien Sophie dégui-
sée en gros pissenlit !

— Sophie, et toutes ses amies de la Chambre des Roses d'Argent! s'esclaffe sa sœur jumelle.

Et les voici qui s'écroulent de rire!

Comme d'habitude, Sophie les ignore superbement. Elle m'attrape par le bras et suggère:

— Nous pourrions demander à Fée Angora…

J'opine du chef. L'intendante de l'établissement sera au courant, c'est certain!

— Génial! s'écrie Perla. Sophie vient d'avoir une super idée! On ira voir Fée Angora à la récréation!

Là-dessus, les jumelles s'en vont.

— Vite ! lance Katie. Allons-y dès maintenant !

Nous traversons le couloir à toute allure. Alice frappe à la porte du bureau de l'enchanteresse.

— Entrez ! invite cette dernière depuis l'intérieur, avant d'ajouter de sa jolie voix chantante : Porte, ouvre-toi !

La porte s'illumine soudain de rose étincelant… sans s'ouvrir pour autant.

Fée Angora est une jeune diplômée ; parfois, ses formules

magiques ne sont pas encore très au point !

Alice sourit. Elle actionne la poignée, et nous entrons normalement dans la pièce. L'intendante est assise à sa table, un vase

plein de délicates fleurs de pommier posé sur sa gauche.

— Que puis-je pour vous, mes chères petites ? nous accueille-t-elle.

— C'est pour demain, explique Sophie. Nous ne savons pas comment nous habiller...

— Portez vos plus beaux habits d'été ! Quelque chose de léger, de fleuri... une tenue idéale pour la fête, comme pour le Bal !

Nous nous dévisageons avec angoisse. Aucune d'entre nous ne possède de robe fleurie !

— Pas de panique, mes chères princesses ! dit l'enchanteresse devant nos tristes figures. Repassez me voir après vos cours, avec vos tenues de bal habituelles…

Elle désigne le bouquet de fleurs de pommier, près d'elle, et poursuit :

— J'étudie justement la Formule Florale, aujourd'hui. Je devrais pouvoir vous aider, mais ne tardez pas. J'ai un rendez-vous de la plus haute importance avec le Roi Perceval, et il est hors de question de le faire attendre !

Chapitre deux

Fée Angora nous a bien rassu-rées ; grâce à elle, nous aurons de magnifiques robes pour le Bal Fleuri !

Nous n'arrêtons pas d'y pen-ser... Résultat, nous ne parve-nons pas à nous concentrer en

classe, et c'est une vraie catastro-
phe !

D'abord, la Reine Mère
Matilda nous ôte deux Points
Diadème à chacune, pour bavar-
dage en plein cours d'« Art de
Recevoir un Bouquet ».

Ensuite, c'est le Prince Dandy,

qui me punit, parce que je ne l'écoute pas pendant sa leçon d'« Élégance au Sortir d'un Carrosse ».

— Princesse Daisy! gronde-t-il lorsque la cloche sonne la fin des cours. Vous resterez ici une demi-heure de plus, pour étudier!

Je le supplie de me laisser partir. Mais il n'y a rien à faire!

Alors, Sophie, Émilie et toutes mes amies prennent ma défense; elles l'implorent à leur tour de lever la sanction. Et là, le prince se fâche vraiment.

— Puisque c'est ainsi, vous resterez toutes ici!

Quel désastre ! Pile au moment où Fée Angora nous attend d'urgence !

Quand, enfin, nous pouvons quitter la salle de classe, nous fonçons à la Chambre des Roses d'Argent chercher nos robes de bal. Puis, nous redescendons en

quatrième vitesse au bureau de l'enchanteresse.

Nous nous apprêtons à frapper à la porte, lorsque Lady Albina nous aperçoit dans le couloir.

— Puis-je savoir ce que vous cherchez ? demande-t-elle d'un ton sec.

La secrétaire se montre rarement chaleureuse avec les élèves...

La grande sœur d'Alice était là, l'an dernier. Elle soupçonne carrément Lady Albina de n'aimer personne aux Tours d'Argent. À part la Reine Samantha !

— Excusez-nous, explique Katie. Nous venons voir Fée Angora.

— Ah oui ? jette la secrétaire. Eh bien, elle est absente ! Un travail très important, avec le Roi Perceval... Elle ne sera pas disponible avant demain après-midi.

Et, sans ajouter un mot, elle s'éloigne d'un pas majestueux.

Nous nous regardons, accablées.

— Adieu robes fleuries ! soupire tristement Sophie.

Moi, cela me donne une terrible envie de pleurer...

Tout est ma faute ! Si j'avais écouté le Prince Dandy, mes amies n'auraient pas été punies, et nous serions arrivées à temps chez l'intendante !

Émilie devine ce que je ressens. Elle me prend gentiment par l'épaule et dit :

— Au moins, nous serons toutes les six pareilles, à la fête… Ce qui aurait été horrible, c'est que tu sois la seule sans robe neuve !

— C'est vrai ! renchérit Alice en s'efforçant d'être gaie. Je ne regrette rien. Et puis, de toute façon, une robe à fleurs, ce n'est pas toujours très joli…

— Et l'avantage, sourit Charlotte, c'est que nous ne ressemblerons pas aux autres invitées du Roi Perceval !

Je retiens mes larmes, trop émue pour parler…

Le lendemain, nous faisons tout de même de notre mieux pour choisir des tenues printanières pour la fête.

Alice et Katie arborent chacune une tenue vichy. Celle de Sophie est blanche rayée de mauve.

Émilie porte sa robe à pois bleus ; Charlotte et moi sommes toutes deux en rose.

Ce sont des robes charmantes. Mais en voyant les autres princesses, nous nous sentons soudain très quelconques…

— Oh ! piaille Perla lorsqu'elle nous croise avec sa jumelle. Un bouquet de pissenlits !

Et elle se met à virevolter sur place. Sa jupe de soie brodée de somptueuses ramures de chèvre-feuille se déploie sous nos yeux dans un frou-frou délicat.

— Heureusement pour nous, Mère s'assure que nous avons des tenues correctes pour chaque occasion ! grimace Précieuse.

Et les deux pestes s'en vont en ricanant.

La robe de Précieuse est parse-mée de petites roses pompon, assorties à celles de son diadème.

Elle a beau ne pas être très gentille, je ne peux pas m'empêcher de l'admirer : habillée ainsi, elle est fascinante !

— Vous êtes prêtes? s'écrie tout à coup le Prince Dandy, à l'entrée de l'école. En voiture et... fouette cocher!

Avec mes amies, nous hésitons un peu, tandis que les autres princesses grimpent à bord des carrosses en papotant joyeusement.

— Allez, les filles, lance bravement Émilie. Profiter de la fête n'est pas qu'une question de robes !

— Tu as raison ! approuve Sophie.

Elle s'assied bien droite sur la banquette et affirme :

— Une Princesse Modèle digne de ce nom est élégante quoi qu'elle porte !

— Oui, quoi qu'elle porte ! appuie Katie.

Charlotte hoche la tête. Elle note :

— Perla devra faire très attention à sa robe. Elle est bien fragile, pour s'amuser dehors... Vous avez vu ? Elle s'est pris les pieds dedans, en montant en voiture !

— Nous, nous ne craignons rien ! sourit Alice. Dès qu'on arrive, direction le Carrousel Fabuleux !

— Hourra ! nous exclamons-nous à l'unisson.

Pourtant, moi, j'ai un nœud à l'estomac... Ce manège me fait mourir de peur !

Pour que les autres ne remar-
quent pas mes tremblements, je
tente de faire diversion en pro-
posant :

— Vous êtes d'accord pour qu'on navigue sur le Lac Majestueux juste après? J'adore les bateaux !

— Cent pour cent d'accord ! applaudit Alice.

Sophie et Émilie, elles, se jettent un coup d'œil bizarre. Je m'inquiète :

— Il y a un problème ?

Les pommettes d'Émilie s'empourprent.

— Je suis vraiment désolée..., bredouille-t-elle. Mais, je n'aime pas tellement l'eau et... Je ne sais pas nager !

— Ma pauvre ! la plaint

Sophie. C'est affreux, d'être terrifiée par quelque chose! Rassure-toi, tu n'es pas la seule; moi, dans l'eau, je suis pétrifiée quand je n'ai pas pied!

Chapitre trois

Quel soulagement : Sophie et Émilie aussi ont peur !

Pourtant, j'ai un peu honte. Elles, au moins, elles ont eu le courage de l'avouer !

Alors, je m'éclaircis la gorge avant de déclarer :

— J'ai quelque chose à vous dire…

Mes cinq amies me regardent, surprises.

— Tu ne sais pas nager non plus, Daisy?

Je secoue la tête.

— Non, Katie, moi, mon problème, c'est le Carrousel Fabuleux. Rien qu'à l'idée de monter sur un manège, j'ai les jambes en coton !

Pendant une seconde, personne ne dit rien. Et puis, voilà que nous explosons toutes de rire, dans le carrosse !

Je suis libérée d'un poids

énorme, et j'ai bien l'impression que Sophie et Émilie ressentent la même chose…

— Puisque c'est ainsi, lance ensuite Alice, chacune d'entre nous veillera sur les cinq autres ; nous ferons un tour de carrousel, un tour en barque… Mais ce n'est pas obligatoire. Celle qui préfère ne pas venir ne viendra pas !

Et nous scellons solennellement notre accord d'une franche poignée de main !

Notre équipage se présente en dernier au palais du Roi Perceval.

Le carrosse a perdu une roue

45

en chemin, et il a fallu attendre qu'un page du Prince Dandy la change.

C'est vraiment rageant, ce genre de contretemps !

Enfin, lorsque nous arrivons, tu imagines à quel point nous sommes impatientes! Nous en oublions presque nos robes imparfaites... et nos cours de Bonne Tenue!

Nous dégringolons n'importe comment du carrosse – ouf: le Prince Dandy a le dos tourné! – et nous balayons la scène du regard.

Le parc du Roi Perceval est magnifique!

Des centaines de ballons de baudruche argentée décorent les arbres et les buissons; ils brillent au soleil, c'est fantastique!

Pourtant les princesses, les princes, les reines, les rois, se promènent dans les jardins avec un air d'ennui affiché…

Ainsi, assises au bord du lac, Louise et Yasmina ne semblent pas se divertir beaucoup !

Je les interroge :

— Que se passe-t-il ? Vous ne vous amusez pas ?

— Il n'y a pas grand-chose à faire, répond Louise d'un ton morne. L'orchestre est en retard, le manège se traîne, Nancy et Églantine monopolisent les deux seuls canots-cygnes, sur le lac. Et le Bal Fleuri n'a pas lieu avant des heures et des heures !

Je pousse un gros soupir, déçue.

Quand Alice s'exclame, l'œil pétillant :

— Le carrousel ! Il est là-bas ! Allons-y !

Vite, nous traversons le parc. Sophie et Émilie me tiennent chacune par un bras. En approchant, je réalise combien le manège est joli…

Il est composé d'adorables mini-carrosses, tirés par de mignons poneys d'argent. Trop chou !

Soudain, je remarque Fée Angora, debout, de l'autre côté

du carrousel. Elle est en pleine conversation avec le Roi Perceval, vraiment très maussade.

— Et si Fée Angora nous chan-
geait nos robes maintenant ? chu-
chote Sophie.

— Elle est trop occupée, voyons! proteste Alice. Essayons plutôt le Carrousel Fabuleux!

— Excellente idée! s'enhardit Émilie. Je monte avec Daisy. Comme ça, elle sera plus rassurée. D'accord, Daisy?

J'acquiesce timidement. Je grimpe donc dans l'un des petits carrosses, quand Précieuse et Perla surgissent!

— Oh! s'écrie Précieuse, la mine moins renfrognée que d'habitude. Ça a l'air trop drôle!

Et elle s'installe près de moi dans le carrosse. Je n'ai même pas le temps de réagir!

Perla fronce les sourcils. Elle gronde sa sœur jumelle :

— Enfin, Précieuse… ! Les manèges sont pour les bébés !

Elle a beau renifler avec dédain, elle me pousse sur la banquette pour se faire une place.

Je me retrouve coincée entre les deux pires pestes de l'académie !

Émilie est obligée de monter dans un autre coche, à présent. Elle m'adresse un geste de sympathie en lançant :

— Tu crois que ça ira, Daisy ?

Aussitôt, évidemment, Perla se moque :

— Comment? Notre Daisy
aurait-elle trop peur du carrousel?!

M'efforçant de paraître calme, je lisse ma jupe et assène :

— Non, tout va très bien, merci !

Si seulement c'était vrai !

Et puis, voici que le manège s'ébranle.

Nous commençons à tourner... avec une lenteur incroyable !

Je me prépare à ce qu'il accélère, mon cœur cogne dans ma poitrine... mais le carrousel se traîne toujours, tremblant et couinant, menaçant de tomber en panne d'une seconde à l'autre !

Au moment où mon carrosse parvient à la hauteur du Roi Perceval, ce dernier tempête :

— Cet escargot de manège ne fonctionne pas mieux, Fée

Angora ! Décidément, tout va de travers ! C'est le problème, avec la magie, on n'est jamais sûr de rien ! Tant pis : je file chercher le Technicien Royal !

Et il part en courant vers son palais. Fée Angora semble bien embêtée.

— Pauvre Roi Perceval, regrette-t-elle. Même son orchestre n'arrive pas !

— Pourquoi n'arrangez-vous pas tout d'un coup de baguette magique ?

— Chère Daisy ! confie l'enchanteresse. Depuis hier, je tâche sans cesse de tout arranger !

Parfois, je me demande si mes pouvoirs sont suffisants…

Elle me fait de la peine, notre intendante. Elle qui est toujours si gentille et si serviable !

J'insiste :

— Oui, mais vous pourriez peut-être réparer le Carrousel Fabuleux ? Juste ça… Cela ne devrait pas prendre toute votre magie !

À ces mots, Perla s'adosse à la banquette :

— Tu es trop idiote, Daisy ! Tu n'as pas compris ? Fée Angora est incapable de quoi que ce soit !

Chapitre quatre

Perla est si malpolie, je n'en reviens pas !

Fée Angora devient toute rouge ; elle a vraiment l'air très en colère.

— Princesse Perla, gronde-t-elle. Je vous ôte dix Points

Diadème, et je vous attends dans mon bureau dès demain !

Puis, tapotant de sa baguette magique les naseaux de notre poney d'argent, elle ajoute :

— Et pour votre gouverne, jeune insolente, sachez que faire

fonctionner ce manège est par-
faitement dans mes cordes !

Là-dessus, un puissant éclair
nous éblouit ; une pluie d'étoiles
minuscules enveloppe le carrousel… et voici que notre poney
d'argent prend vie !

Sous nos yeux ébahis, il piaffe, hennit, secoue sa crinière… avant de sortir du manège au grand galop! Il tire derrière lui notre fragile carrosse, qui crisse et bringuebale dangereusement, lancé à une telle vitesse dans l'herbe!

Bientôt, les autres carrosses du manège nous suivent.

Nous roulons en tressautant, cahotant. Je me cramponne fermement à la portière! À mes côtés, Précieuse et Perla hurlent, hurlent et hurlent encore, complètement terrorisées.

Partout dans le parc, des princesses se sauvent en criant. Soudain, nous passons devant Lady Albina qui nous fixe, bouche bée, tandis que les poneys contournent sans ralentir un parterre de fleurs…

En fait, nous fonçons droit vers le lac !

Les poneys bondissent et plongent tête la première ! Ils nagent jusqu'au milieu du plan d'eau, puis, dans une nouvelle pluie d'étoiles scintillantes, ils disparaissent !

Quelle sensation bizarre ! Après la cavalcade, le carrosse flotte en douceur sur le lac,

comme un bouchon au fil du courant...

Sur la banquette, Perla s'égosille toujours, et Précieuse gémit qu'elles vont se noyer. Pourtant, il n'y a aucun danger ; ça paraît évident !

Les gens s'attroupent, sur la berge. J'aperçois le Roi Perceval ; il s'éponge le front, en sueur, essayant de calmer tout le monde.

Moi, en revanche, je n'ai pas peur. Pas une seconde !

Par contre, je m'inquiète pour Sophie et Émilie, tout à coup. Je me retourne. Leur carrosse navigue derrière nous et à l'intérieur, mes amies s'efforcent de sourire bravement. Mais elles sont bien pâles !

Charlotte, Alice et Katie, elles, vont bien. Tant mieux !

Alors, je me penche un peu par la fenêtre de la portière.

Ça fait horriblement tanguer le carrosse ! Précieuse et Perla poussent un cri aigu, mais je n'y prête pas attention.

Je remarque que l'eau est très propre, limpide. Je discerne le fond du lac : il n'y a pas trop de profondeur…

Il n'y a même pas de profondeur du tout, en réalité !

Je réfléchis un instant, puis j'ôte vite mes ballerines vernies…

— Oh non ! geint aussitôt Précieuse. Daisy nous abandonne !

— Au secours ! s'époumone Perla en écho. Appelez mamaaaan !

Sans les écouter, je sors du carrosse. Comme je m'en doutais, l'eau du lac ne m'arrive qu'aux genoux !

— Venez, dis-je aux jumelles

en leur tendant la main. Je vais vous aider !

Nous regagnons la berge sous une acclamation générale. Le Roi Perceval se précipite à notre rencontre.

— Bravo, Princesse Daisy ! me félicite-t-il. Acceptez mes excuses. J'aurais juré que cette histoire tournerait mal ! Je n'aurais jamais dû y mêler la magie…

Pile au même moment, la majestueuse Reine Samantha fend la foule qui nous encercle, Fée Angora sur ses talons.

— Nous avons à parler sérieusement, Roi Perceval ! proclame-t-elle d'une voix tremblante d'indignation. Si vous voulez mon avis, votre Carrousel me paraît bien plus Inquiétant que Fabuleux !

Sans toute cette panique, ce serait presque drôle !

Le roi a l'air d'un petit garçon qui vient de commettre une grosse bêtise. Il baisse les yeux, piteux, frottant le sol du bout du pied…

Il est temps d'assumer mes responsabilités.

Chapitre cinq

Je m'incline dans une pro-
fonde révérence et explique à
notre directrice :

— Si vous le permettez, Votre
Majesté ! Le Roi Perceval n'y est
pour rien. Tout est ma faute…

Je m'interromps, la gorge

73

nouée par l'émotion. Puis, je reprends :

— C'est moi qui ai demandé à Fée Angora de réparer le manège. Je regrette tellement, j'ai...

— Princesse Daisy a tort ! tranche soudain l'enchanteresse en agitant sa baguette magique dans ma direction. Je suis la seule à blâmer dans cette affaire !

À cet instant, le Roi Perceval pousse l'un de ses fameux grondements gutturaux.

— Balivernes ! grogne-t-il. C'est moi, le coupable. Je voulais que ma fête soit réussie, vous comprenez… Hier, j'ai réussi à convaincre Fée Angora d'utiliser ses pouvoirs pour transformer les poneys de mes attelages royaux en poneys de carrousel ! Quelle idée stupide, vraiment ! C'est un beau gâchis !

Il fronce les sourcils.

— J'aurais dû me montrer plus prudent… Veuillez accepter mes plus humbles excuses, Votre Altesse ! Cela ne se reproduira plus !

— Je vois…, murmure la Reine Samantha.

Sa voix tremble toujours beaucoup. Je lève les yeux sur elle, pensant qu'elle sera verte de rage. Au contraire : maintenant, elle rit presque !

— Roi Perceval, déclare-t-elle gaiement. J'avoue m'ennuyer toujours un petit peu, à ce genre de fêtes… Mais je vous assure que la vôtre me laissera un souvenir inoubliable !

— Comment ?! s'indigne alors Perla, hors d'elle. Nous, nous n'avons pas trouvé cela amusant du tout !

— Nous avons failli nous noyer ! enchaîne Précieuse sur le même ton.

Là, Fée Angora se penche à l'oreille de la Reine Samantha. Cette dernière l'écoute avec attention, avant de toiser Perla d'un regard sévère.

— Sauf erreur de ma part, princesse, c'est vous qui, par

votre impertinence, avez froissé Fée Angora, et lui avez fait perdre son sang froid !

La directrice paraît furieuse. Elle continue :

— Un carrosse stationne à la grille du parc. Je suggère que vous et votre sœur jumelle regagniez immédiatement les Tours d'Argent. Vous pourrez y réfléchir à votre attitude scandaleuse, tandis que nous autres, nous profiterons de la fête !

Un joyeux brouhaha s'élève subitement du palais. La Reine Samantha sourit.

— Votre orchestre arrive enfin, Roi Perceval, devine-t-elle. Allons accueillir les musiciens !

Sur quoi, tous deux s'éloignent bras dessus, bras dessous en direction du château.

— Fée Angora ! jette encore la directrice avant de se fondre parmi les invités. Veillez donc à ce que nos chères princesses ne s'enrhument pas, je vous prie !

Notre intendante sursaute.

— Mes pauvres chéries ! hoquette-t-elle devant nos robes

détrempées. Où avais-je la tête ? Il faut sécher tout cela…

Elle brandit sa baguette magique… et s'exclame soudain :

— Oh ! Je me souviens ! Vous vouliez me voir, hier, au sujet de vos robes ! Et puis, le Roi Perceval m'attendait… Je suis navrée, mes enfants ! Vous avez dû tellement vous inquiéter !

Elle souffle sur l'étoile pailletée de sa baguette, avant d'ajouter :

— À présent, vais-je parvenir à arranger les choses… ?

Dans un geste gracieux, elle lève sa baguette magique devant nous et trace des volutes dans l'air.

Nous nous regardons, les yeux écarquillés.

Nous voici chacune vêtue de pied en cap de la tenue la plus extraordinaire de l'univers ! Une jupe ressemblant à des pétales de fleurs de pommier, sur un bouillonné de jupons rose étincelant : quelle robe fantastique, fascinante, sublime ! Et le mieux, c'est que nous avons aussi les escarpins assortis, rose brillant…

— Oh ! Merci, Fée Angora ! nous extasions-nous en chœur. Merci mille et mille fois !

Le visage de l'enchanteresse irradie de fierté. Elle admet :

— De l'excellent travail, n'est-
ce pas? Il ne me reste plus qu'à
régler le problème des poneys…

— Regardez ! s'écrie Katie en
pointant le doigt vers le lac. Ils
sortent de l'eau… et ils ne sont
même pas mouillés !

Elle se frotte les paupières,
incrédule.

— Oui, ils sont secs, répète-t-elle d'un air sidéré. Et ils ne sont plus en argent : ils sont redevenus de vrais poneys !

— À mon grand soulagement ! acquiesce Fée Angora. Je ne sais

pas comment j'aurais annoncé au Roi Perceval que ses poneys avaient disparu pour de bon ! Voulez-vous m'aider à les rattraper ? Vous pourriez ensuite vous rendre à la tour de cristal sur leur dos… car il est l'heure du Bal Fleuri !

Bien sûr, nous nous empressons de l'aider !

Et tandis que nos montures trottent jusqu'au palais du roi notre hôte, nous nous sentons des Princesses Modèles accomplies…

Les meilleures du monde !

Chapitre six

Connais-tu le Bal Fleuri ?

Le Roi Perceval en organise un chaque année, au sommet de la tour de cristal de son palais. C'est absolument féerique !

Des guirlandes de fleurs recouvrent les murs, on se croirait dans

une serre. Et des pétales cha-
toyants pleuvent sans disconti-
nuer sur les danseurs.

Un doux parfum de rose, de
lavande, de chèvrefeuille emplit
l'atmosphère ; de légers papillons
butinent de corolle en corolle.

Au crépuscule tombant, nous virevoltons sous l'immensité de la voûte céleste étoilée, tandis que clignotent dans l'obscurité de minuscules ampoules, cachées parmi les lianes enroulées aux piliers.

L'Orchestre Royal joue des valses entêtantes. Nous tournoyons jusqu'à ne plus sentir nos pieds !

Nos magnifiques robes couleur fleur de pommier reflètent tous les éclats de lumière alentour : on se croirait au royaume des anges !

Plus tard, en rentrant aux Tours d'Argent, je suis morte de fatigue !

Avec mes amies, nous montons vite à notre dortoir. Nous rangeons soigneusement nos robes dans la penderie. Puis nous nous souhaitons bonne nuit en nous glissant avec délices sous les draps.

— Au fait : merci pour cette fête, Daisy ! articule Émilie d'une voix ensommeillée.

Dans le noir, je m'étrangle de surprise.

— Moi ? Pourquoi ?

— Avec l'aventure du carrousel, tu l'as rendue beaucoup plus joyeuse, précise Katie en bâillant à s'en décrocher la mâchoire.

Bien calée sur mon oreiller, j'assure :

— Je ne l'ai vraiment pas fait exprès, vous savez ! De toute façon, cette fête ne pouvait qu'être réussie, puisque nous y assistions ensemble !

Je le pense sincèrement.

L'amitié est un trésor précieux qui embellit la vie…

Et je suis si heureuse que tu sois notre septième amie !

FIN

Que se passe-t-il ensuite ?
Pour le savoir, tourne vite la page !

L'aventure continue
à la Princesse Academy
avec Princesse Alice !

C'est moi, Princesse Alice !
Aujourd'hui, nous partons visiter
le Musée d'Histoire Souveraine. Il y aura
un grand concours et l'équipe qui le gagnera
pourra mener la Parade Annuelle du Roi
Rudolphe III ! Mais Princesse Perla,
plus menteuse que jamais, vient encore
tout gâcher. Heureusement que la Pantoufle
de Verre est là pour rétablir la vérité…